妖怪學園 1

U0550587

談オウマガドキ学園１真夜中の入学式

妖怪開學日

走廊上的河童一平

妖怪學園編輯委員會・常光徹（責任編集）・岩倉千春・高津美保子・米屋陽一 編著
村田桃香・加藤久美子・山﨑克己 繪 吳怡文 譯

大家來找一找

河童一平與家人的紀念照。

左右兩張照片共有八個地方不一樣，請試著把它們找出來！

（答案請見 172 頁）

一 開學典禮

找一找以下
兩張圖片有哪些
地方不
同呢？

不知在何處，有一所學園，
那裡是生死兩個世界的交界，
而白天和夜晚相互交融的黃昏，
是一段不可思議的時間。

門打開之後，
就是學園的入口，
同學是
鬼魂、幽靈、妖怪和……
走吧，快上課了！

妖怪學園

「妖怪開學日」課程表

開學典禮

司儀　已經丑時三刻（半夜兩點左右）了，現在，妖怪學園的開學典禮正式開始。

首先，我們請河童校長向大家說幾句話。

（校長走到臺上，站在演講臺前。）

司儀　各位新生起立，敬禮。

（新生們敬禮了，但校長沒有回禮，因為他一旦低頭回禮，頭頂盤子裡的水就會流出來，讓他無法說話。）

司儀　坐下。

校長　歡迎大家進入妖怪學園，我是校長河童卷三。

這個國家的妖怪學校多不勝數，但是只有我們妖怪學園擁有上千年的歷史。從今天開始，大家就要展開令人憧憬的校園生活了。

在地人都稱妖怪學園為「緊張學園」，首先，讓我針對學園的名字來進行說明。

大家知道「黃昏」這個詞彙嗎？它是「傍晚」的意思。我們這些妖怪大部分都是等太陽下山，天色變暗之後才開始活動。換句話說，四周陷入一片漆黑之前的「黃昏」，對我們來說，意味著嶄新一天的開端。

從現在開始，大家就要在這個學園進行各項學習，成為一個優秀的妖怪。學園中聚集了各種妖怪同學，請大家和睦相處。比方說，發現河童頭頂盤子裡的水變少了，就幫他澆水；看到雪女因為天氣炎熱而感到痛苦，就送她冰淇淋。總之，請大家多多互相幫忙、照顧彼此。

偶爾，有些人類的孩子會因為迷路，不小心從他們的世界闖進來，大家不可以因此嚇唬或是排擠他們。

只要我們多說兩句好話，一旦人類的心情變好，就會告訴我們一些有趣的故事，至少是我們不知道的故事。

最近，人類世界正掀起一股妖怪熱潮，他們對我們非常感興趣，我們也要好好了解有關人類的一切。為了認識人類世界的文化，妖怪學園非常重視各種怪談的學習。從第一堂到第六堂課，也就是一整天，我們準備了讓大家能開心學習怪談的獨門課程。這是本校的一大特色，其他妖怪學校都沒有這樣的設計。

今天的課程會為大家介紹「學校、夜晚、時間」的故事。夜晚對我們這些妖怪來說是開心的活動時間，但對人類來說，似乎是一段非常可怕的時間，實在很難相信他們竟然會害怕黑暗……先不談這些，就讓我們一邊聽著恐怖與不可思議的故事，一邊深入探索人類的世界吧！

非常期待大家都有出色的表現，我，河童卷三就說到這裡。

司儀　各位新生起立，敬禮。

接著，歡迎來賓「海坊主」光頭先生為大家說幾句話。

——以下省略——

在妖怪學園負責教學

師資介紹

河童卷三

第 50 任校長，畢業於妖怪學園，所以對學園無所不知，興趣是種小黃瓜。以前，總喜歡摘人類的尻子玉*，自從幾年前，因為尻子玉差點被人類摘掉，就再也不這麼做了。當頭頂水盤的水變少時會心情不好。

* 編注：在河童傳說中「尻子玉」是一種存在於人體內的寶珠，相傳被河童奪走會導致人體變得虛弱。

山姥銀子

副校長，以教學嚴格聞名，興趣是在荒野山林中跑步。會在學園的放假日進入山中追趕山豬，驚嚇弄髒山林的人類登山者，並以此為樂。足柄山的金太郎是銀子老師的兒子。

二宮金次郎

負責講授妖怪故事的老師，一心只想教授正確無誤的妖怪故事，興趣是讀書和撿拾柴火，只要看到掉在路上的柴火，就會眼睛發亮。因為書看得太多，幾年前開始戴眼鏡。

第一堂

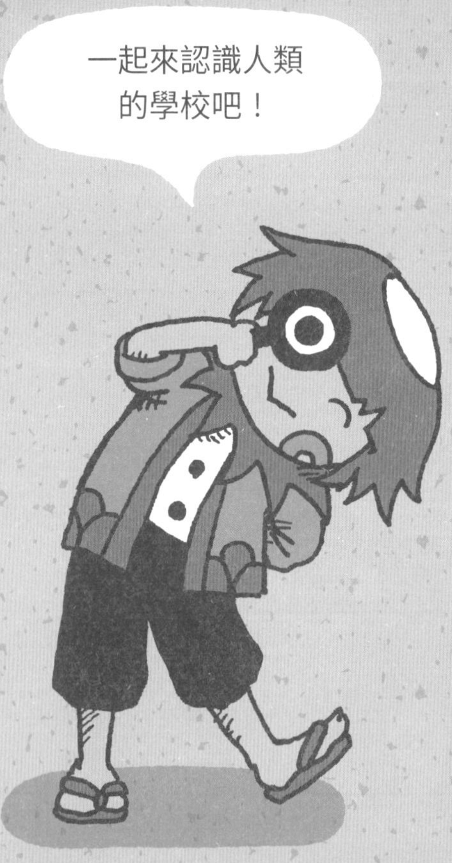

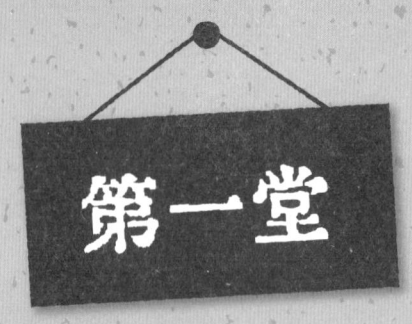

在校園地底下

文／時海結以

由梨花升上中學一年級了，那所校園在西邊種著幾棵櫻花樹。櫻花樹上花朵盛開，非常美麗。但是，由梨花覺得那些櫻花樹看起來陰森森的，令人不寒而慄。

由梨花之所以感到害怕，是因為開學典禮前一天奶奶說的話。

奶奶說：「小心不可以在校園的櫻花樹下跌倒喔，如果跌倒了就會死掉。」

但是，開學三天後，同學小季在午休時找由梨花一起去看櫻花。「不要！」雖然由梨花一口拒絕，但小季並不理會。

「那些花這麼漂亮，為什麼不走近一點看看呢？」小季說。

由梨花心不甘情不願的被小季硬拉了過去。

小季直接跑到櫻花樹下，抬頭看著櫻花開心大叫。由梨花則與櫻花樹保持距離，心驚膽戰的看著小季。

「由梨花也過來啊！」

「不要……我在這裡看就好了……我們趕快回去吧，待在這種地方不好，真的！」

小季聽了由梨花的回答，感到很生氣。

「什麼叫『這種地方』？這裡可是我們的校園，妳從剛剛開始就一直怪怪的。喔……妳該不會是覺得跟我在一起很無聊吧？」

因為小季一直咄咄

逼人，由梨花不得已，只好說出她的理由。

「開學典禮的前一天晚上，奶奶跟我說不可以在這所中學校園裡的櫻花樹下跌倒。一旦跌倒，靈魂就會被奪走……就會死掉！」

「什麼鬼啊，根本在騙小孩。光是跌倒就會死掉？不可能。」

「可是，奶奶從來不會用那麼嚴肅的語氣說話。我也一直說『奶奶是騙人的吧！』但奶奶說這絕對是真的。」

「所以，妳相信嗎？像幼兒園的小孩子一樣？」

「從那個時候開始，奶奶說的那些話就一直在我腦子裡轉個不停，感覺毛毛的，想忘也忘不掉。」

小季可能是覺得這件事太離譜了，一臉不以為然。

「那體育課怎麼辦？跑步時每個人都有可能會跌倒。」

「如果不小心跌倒了，就要拿出一件身上帶的東西，埋進樹下的土裡。」

「真的嗎？由梨花，那妳示範一次給我看，只要埋下一件東西就好，以後就不用再害怕了！」

小季的眼裡閃過一絲惡意，由梨花擔心小季會把自己推倒，心臟撲通、撲通的加速跳動。

為了保護自己，由梨花抓住小季的雙手，同時努力站穩腳步，兩個人因此互相推拉起來。

就在這時，突然刮起一陣風，地上揚起的塵土，吹進了小李的眼睛。

「好痛！」

「小李，妳還好嗎？」由梨花一著急，不自覺鬆開了手，小李失去平衡，一屁股跌倒在櫻花樹蔭下。

「討厭，我的裙子弄髒了啦，都是妳害的。」

生氣的小李丟下由梨花，打算獨自回到教室去。

「等一下，我們必須埋下一件東西。」

但小季毫不理會由梨花說的話，就這樣逕自跑掉了。

由梨花急忙把裙子口袋中的手帕埋進土裡。

由梨花不停的默默祈禱：「希望什麼事都不要發生。」

下午的課結束不久後，就到了放學時間。小季還在生氣，所以一句話也沒有跟由梨花說。

那天晚上，由梨花擔心小季的平安，翻來覆去遲遲無法入睡，因為害怕會挨罵，所以也不敢跟奶奶說發生在櫻花樹下的事。

隔天早晨的集會上，班導師臉色鐵青的告訴大家，小季在上學途中發生了意外，被送到醫院。

聽到這個消息，由梨花感到全身癱軟無力。

從此以後，小李再也沒有來過學校，由梨花聽說她一直躺在醫院的病床上，沒有醒過來。

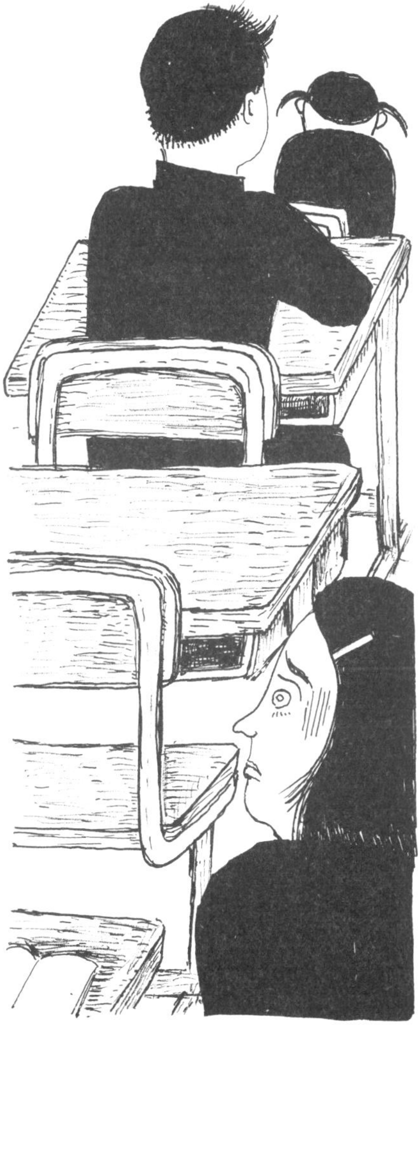

奶奶知道這件事後，跟由梨花說：「校園的那片地，在我爺爺小的時候，就是墳墓了。在墳墓上跌倒的人，會被埋在地下的死者當作是自己的同伴，他的靈魂就會被帶走。」

手之樹

文／望月正子

小葵的學校正門位於大馬路後方的巷子裡，正好朝著對面各公司行號的後門。某天回家的路上，小葵和小蓮看到一位老爺爺站在一棟大樓後面的圍牆邊喃喃自語著，同時，雙手合十向角落一棵高大的樹木膜拜。

「咦，他在做什麼呢？感覺好奇怪！」

小蓮低聲說著，小葵突然想到：「說不定是動物的墓……」她家的貓過世了，才剛把墳墓蓋好。

小葵先看著大樹的根，突然發現樹後面還立著一根高高的柱子，上面好像寫了些什麼，陰暗的光線下看不清楚，而老爺爺正對著那根柱子念經。

雖然小葵每天都會經過這裡，但從來沒有發現有這根柱子。

等到老爺爺念完經，小葵便向他詢問有關柱子的事。

「嗯……以前在戰爭時期，這個城市曾遭到空襲，被燒個精光，妳們知道吧？」

小葵和同學剛好在國語課學到關於戰爭的事，老師告訴大家，

這個城市曾經遭受空襲。

老爺爺繼續說：「那時我還是個小孩，依稀記得放眼望去，其他建物全被燒得一乾二淨，只剩市公所、警察署等少數幾棟鋼筋水泥建築殘留下來。原本前一天大家還活得好好的，一個晚上死了近兩千人。因為這一帶被燒得很嚴重，死了很多人，所以立下這根柱子撫慰亡人的靈魂。我已經退休了，不再來公司上班，但每年都會來這裡念經。」

老爺爺說，戰爭結束後，這裡興建建築物時，立了這根柱子，並一直供奉著。

小葵一聽到死了很多人，忍不住熱淚盈眶，於是她也對著慰靈的柱子虔誠膜拜。

隔天，小葵從補習班回家後，發現自己忘記拿要給媽媽的資料，於是又跑回學校。因為已經過了放學時間，學校的玄關緊閉，只有教職員室還亮著燈。小葵的班導愛老師聽她說明原因之後，說：「老師正好也要去拿忘記的東西。」

她們一起走上位於三樓的教室，愛老師一邊走一邊笑著說：「到了晚上，這裡感覺有點可怕，哈哈。」

愛老師總是這副模樣。

「沒什麼好怕的！」

小葵搶先一步跑了上去。

教室裡還沒完全變暗，小葵跑向自己的桌子，拿出資料。這時，愛老師打開教室的電燈。電燈一亮，教室外面突然變暗了，小葵的臉映照在窗戶上，而從旁邊的窗戶可以窺見教室外的景象。

「啊，窗戶沒關。」

「哎呀，值日生忘了關。」

小葵和愛老師走向窗戶。

教室在三樓東邊的盡頭，從窗戶往外看，可以俯瞰前院的巨大樟樹。風勢強勁的時候，即使在陽光照射下閃閃發亮的美麗枝葉，搖晃起來的幅度也會大到令人害怕，而現在……那些枝葉看起來彷彿是白色的。

「啊！」小葵忍不住發出尖叫聲，她看到一根根尖尖的東西從樟樹中伸出來，就像好多隻白色的手！

「什……什麼？」

小葵十分害怕，卻無法動彈，她看著樟樹，全身不停的發抖。

那些手搖搖晃晃的，就像是在發送暗號，後來那幅景象漸漸變

得模糊，最後消失了。

愛老師僵直的站在原地，接著也鬆了口氣，輕輕拍了拍小葵。

「沒事、沒事。」愛老師嘴裡說著「沒事」，卻語帶哽咽。

「走，我們回去吧，我送妳回家。」

在走回玄關的路上，愛老師說：「之前，我也有幾次是在晚上去教室的，但什麼都沒看到，今天一定是我們眼花了，沒錯，一定是這樣。」

儘管走出了校門，小葵看著東邊盡頭的那棵樟樹，還是感覺毛骨悚然。

「對了，我聽說那棵樟樹是這所學校的傳說之樹，老師會查查看，不要擔心喔。」

光是要開口說出這件事，小葵就非常害怕，所以也沒辦法把擔心或其他感受告訴任何人。她想要睡覺，但是一閉上眼睛，那些白色的手就一直浮現在腦海中。她不由自主的揮了揮手，想要忘記這一切，卻突然想起了「幽靈船」的故事。

那些在海難中死去的人，他們的靈魂會說著：「借我湯勺。」並且把手從海裡伸出來，困住行駛在海浪上的船隻。

這麼說來，從樟樹中伸出來的手，可能也屬於某些亡靈。

隔天，那棵樟樹一如往常伸展著枝葉，高高的聳立著。

朝會結束後，愛老師詢問大家：「今天是六月二十日，大家知道是什麼日子嗎？一九四五年，日本還在打仗，從六月十九日半夜到二十日黎明，S市發生大空襲，死了許多人，大家不可以忘記這一天。」老師說完便開始上課。

小葵突然想到，昨天果然是個特別的日子，前一天也遇到那位念經的老爺爺。

「這扇窗外的那棵樟樹，雖然在戰爭時被燒掉了，但樹芽從燒焦的木樁裡長出來了，並長得這麼高大。大家知道這棵『傳說之樹』嗎？傳說為了不讓大家忘記戰爭，樹上會發生不可思議的事，我們學校的畢業生似乎都知道這件事。」愛老師繼續說。

後來，小葵回家詢問爸爸這件事。

「我知道喔，從戰火中倖存下來的傳說之樹，那棵樹偶爾還會長出白色的手喔，雖然這只是個傳說。」爸爸理所當然的回答。

學校探險——廁所

從入口算起，花子在第三間廁所，紫婆婆在第四間。

無聊的時候，大家會跑到人類的學校，嚇唬來上廁所的孩子。

嘿嘿
一起玩吧！
哈哈哈！我的廁所很特別喔！

閉嘴，老傢伙
妳是來真的嗎？臭小鬼

花子和紫婆婆為了爭執「誰比較漂亮」而打了起來。

趁著休息時間趕快上廁所！
快尿出來了！

第二堂

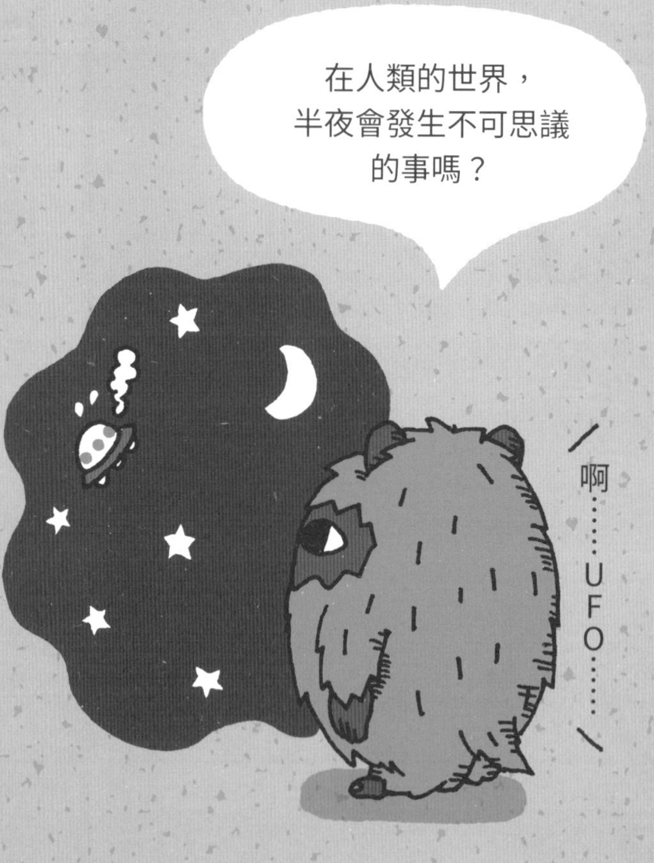
在人類的世界，
半夜會發生不可思議
的事嗎？
啊……UFO……

貓偷看鏡子之後，會發生什麼事呢？

文／岩崎京子

由里一家人臨時決定要去鄉下的爺爺家，因為爺爺生病了，而他一直以來都是一個人住。

「要不要來東京？」

雖然爸爸邀請了很多次，但爺爺總會搬出各種理由來拒絕。比方說：「我喜歡鄉下，而且，住在附近的姑姑會常常過來看我。」

「帶老爸去看醫生，把家裡打掃收拾一下……還有很多事情要做，妳跟我一起去吧！」爸爸跟媽媽說。

「由里和繪里想去嗎？」

「我們想留在家裡，對吧，繪里？」

「嗯，我們負責看家，對吧，三毛？」

「喵！」

對了，還有三毛這隻貓。

不過，因為各種原因，孩子們還是得一起去，三毛怎麼辦呢？可以幫忙照顧的寵物旅館每一家都客滿了，可能得把三毛裝在籠子裡一起帶去了。

出發前一天，由里發現了一張小海報，上面寫著「貓咪保姆」。

由里和繪里找到了那裡，那是一戶普通的人家，一位親切的阿姨帶著滿臉笑意接下三毛，讓由里和繪里都很放心。

一個禮拜後，由里一家回來了。由里和繪里去接三毛回家，可是，三毛沒有出來。

「哎呀，三毛似乎知道妳們要來接牠，有點焦慮……」

「牠比較喜歡待在這裡嗎？」由里說。

「別這麼說，一定是在妳們自己家比較好啊！」阿姨說了一些客套話：「三毛可能是害羞吧，我去把牠叫來。」

等了一陣子，三毛被阿姨抱出來了，但是牠看到由里和繪里，

貓咪
美容學校

連叫都沒叫一聲。

由里伸出手，有點勉強的把三毛接過來。

幾天後，繪里說：「姊姊，三毛有點不對勁。」

「哪裡不對勁？」

「我感覺牠有點焦慮，住得不太安穩，牠似乎覺得這裡不是自己的家。」

有一天，繪里慌張的邊跑邊喊。

「姊姊、姊姊、姊姊，三毛把門打開了！」

「妳說牠把什麼打開了？」

「門啊！以前三毛總是要我們把門打開，牠才肯出來。」

另一天晚上，由里親眼看到了……三毛居然在媽媽的梳妝臺前擺出化妝的模樣。

首先，由里看到三毛在上底妝。牠把很多的化妝水倒在手上，再輕拍到臉上，啪噠啪噠！啪噠啪噠！整張臉變得溼答答的，整瓶化妝水都快被牠用光了。

接著是擦乳液及塗粉底，三毛用刷子刷上蜜粉，做最後的定妝。

三毛在臉頰塗上腮紅，還用了眉筆和眼線筆。

「啊，我不知道怎麼擦口紅，好想再去一次貓咪美容學校。」

三毛竟然開口說話！

照顧三毛的那個地方原來是貓咪美容學校。

由里本來以為親切的阿姨，是個兼差的愛貓人，說不定她是老師，甚至可能是一隻貓！

由里看到的那張寫著「貓咪保姆」的小海報，在貓咪的眼裡看來，可能寫的是「化妝教學」。

三毛在學校練習用兩隻後腳站立，學會之後，再練習走路。

「走得好棒啊，小心不要跌倒了。」

兩隻前腳則用來保持平衡。

貓這種動物，即使年紀大了，還是可以毫不費力的做到這些事，化妝、變身，對牠們來說也很簡單，但是因為三毛的年紀還小，所以不會馬上站上舞臺。

但應該會開始學習正統的貓舞。

而且，前輩們的舞臺妝看起來都非常亮眼。

三毛也很想、很想變成那樣。

所以，三毛非常不希望由里姊妹去接牠回家……也因此才會表現出一臉的不悅。

夜晚的學校

文／齊藤君子

俄羅斯的夏天及冬天氣候分明，夏天結束之後，冬天很快就到了，樹葉閃耀著金黃色光芒，天空也開始飄下雪花。瓦羅傑是這個城市「第三學校」的一年級生，九月一日才剛入學。他非常享受學校生活，不但交了新朋友，也遇到非常溫柔親切的導師。

某天，瓦羅傑一邊吃晚餐，一邊得意的跟媽媽說：「媽媽，今天上國語課的時候，我念了普希金的詩喔，而且我全部都會念，老師還稱讚我念得很棒，很厲害吧！」

「對啊，真的很厲害喔。你竟然會念普希金的詩，瓦羅傑真的長大了呢！」

受到媽媽的稱讚，瓦羅傑更神氣了。

「原來瓦羅傑已經

長大了，那這個禮拜六，要不要陪爸爸一起在學校過夜？到時候你可不要在半夜哭著叫媽媽喔！」

瓦羅傑的爸爸在「第十五學校」工作，偶爾會在學校過夜。

「可以和爸爸在學校過夜，太酷了！」瓦羅傑非常興奮。

「我要去！我要去！我一定不會哭的。」

禮拜六傍晚，瓦羅傑和爸爸一起前往第十五學校。當然，這是他第一次在晚上前往學校。校園裡一片漆黑，十分安靜，一點聲響都沒有。

校園角落有一棟小平房，今晚，瓦羅傑和爸爸就要住在那裡。

走進平房，爸爸用爐灶生火、燒開水，然後泡了紅茶。兩個人喝完紅茶，吃完從家裡帶來的麵包和起司之後，鑽進被窩睡覺。

這是瓦羅傑第一次離開媽媽睡覺，不知不覺，北風變得更強勁了，玻璃窗戶發出喀噠喀噠的聲音。屋子裡頭生了火，很溫暖，但是，不知為何，瓦羅傑還是覺得全身發冷，根本睡不著。

叩叩叩！叩叩叩！

瓦羅傑聽見似乎有人在敲門。

「爸爸，醒醒，有人來了。」

瓦羅傑推了推爸爸，爸爸滿是睡意的睜開一隻眼睛。

「這個時間怎麼可能有人來敲門？應該只是風吹的吧！」爸爸說完又睡著了。

叩叩叩叩！叩叩叩叩！過了一陣子，聲音比剛剛更大了。

奇怪的是，當瓦羅傑從床上爬起來後，聲

音就停了，只有北風「呼呼——」的吹著，以及風中群樹搖擺發出的聲響，瓦羅傑覺得很奇怪。

叩叩叩！叩叩叩！

聲音又比剛才更大了，被吵醒的爸爸從床上爬起來，打開門，一股強勁的風從外頭吹了進來。爸爸頂著風，勉強走到門外，抓著樓梯的柱子。瓦羅傑跟在後面，緊緊抱住爸爸的身體。黑漆漆的校園裡，沒有半個人影，卻見樹葉被吹成漩渦狀飛到半空，爸爸和瓦羅傑互相看了一眼。

啪嚓！啪哩！啪嚓！咚！

此時，傳來一陣淒厲的聲響，接著，地板也開始搖晃起來。瓦羅傑因為驚嚇，回頭看了一眼，一棵粗壯的杉樹倒了下來！樹幹直接壓在小平房的屋頂上，把小平房徹底壓垮，夷為平地，瓦羅傑不禁感到毛骨悚然。

剛才，如果不是有人敲門通知，我和爸爸都會被壓死。瓦羅傑不斷猜想著：「剛剛來敲門的到底是誰呢？」

爸爸說：「學校裡有精靈，他們是學校的主人，一定是那些主人來通知瓦羅傑有危險了，因為他們很喜歡小孩。瓦羅傑，謝謝你跟我一起來到學校，爸爸才能逃過一劫。」

休息時間

學校探險

—理科教室

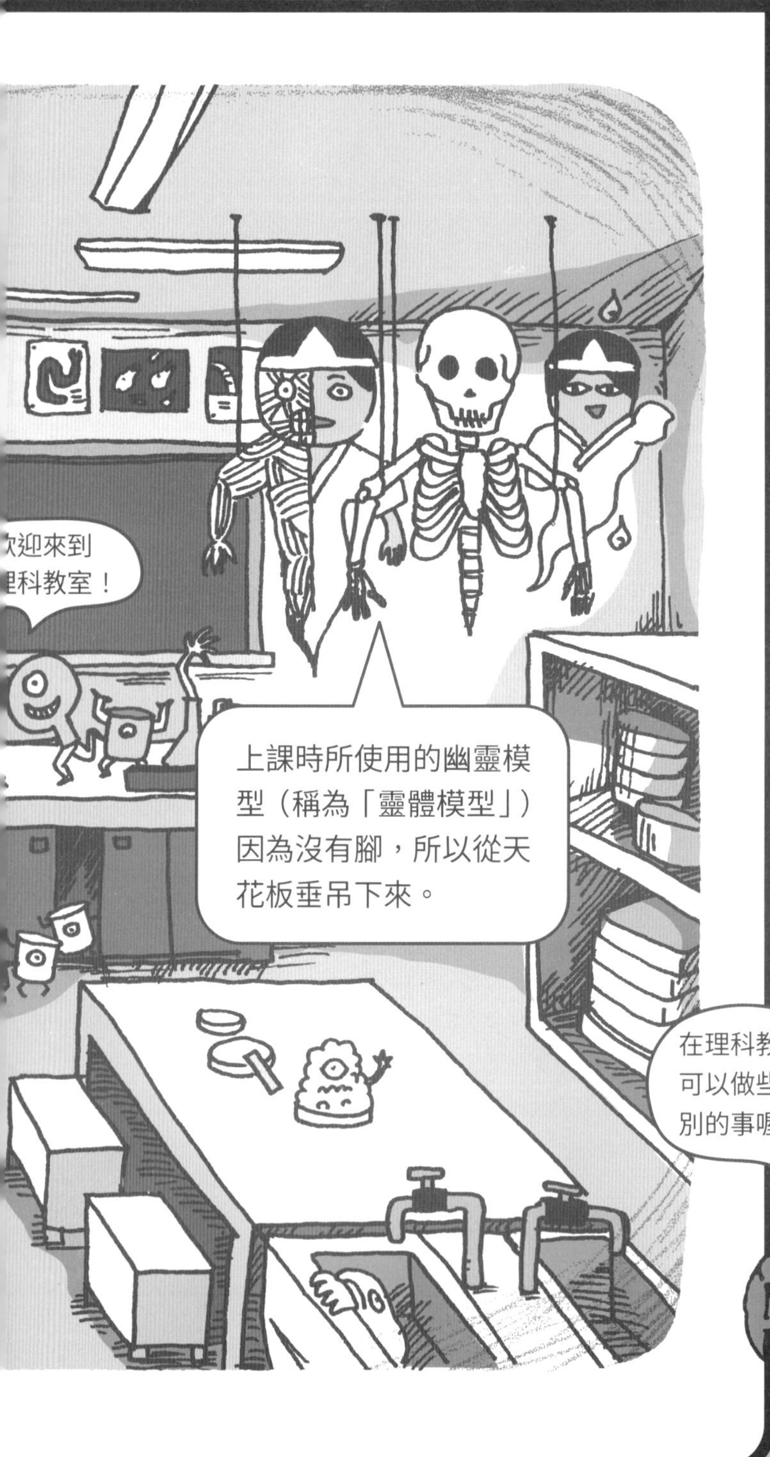
迎來到
科教室！
上課時所使用的幽靈模型（稱為「靈體模型」）因為沒有腳，所以從天花板垂吊下來。

在理科教室可以做些特別的事喔！
呵呵呵
青蛙的解剖

請不要把水
倒進盤子裡
河童的
妖體模型
河童的妖體模型（因為是妖怪，所以稱為「妖體模型」）上，掛了寫著「請不要把水倒進盤子裡」的小紙條。如果在盤子裡澆水，河童模型就會在白天沒有人的時候，跑到游泳池去游泳。
游～～
怎麼了？

第三堂
12
呵呵呵！
深夜時要小心喔！

深夜的隊伍

文／岩倉千春

從前，在蘇格蘭的某個村子裡，有一座大型農場。那座農場擁有遼闊的牧草地和田地，飼養著許多牛羊，也僱用了好幾名傭人。雖然生活非常富裕，但是，農場的主人喬治和他的太太梅雅莉依然很勤勞的工作，為人也非常和善，所以十分受到村民的尊敬。

某天，喬治要到附近的小鎮。小鎮上有個市場，當村民們想買東西，或販售作物時，都會前往那個市場。經過小橋前往小鎮，是

從村子到小鎮最快的路徑。

但是，傳說橋的附近有魔鬼出沒，因此大家把那裡叫做「魔鬼淺灘」，即使是白天也會繞過那裡，走遠路前往小鎮，喬治也從來沒有走過那座橋。

「慢走，路上小心喔！」

「好，我天黑之前就會回來。」喬治說完，就精神飽滿的出門去了。梅雅莉準備好晚餐，等待喬治回家，但是喬治一直沒有回來。很快的，天色變得一片漆黑。

「應該是工作耽擱了，或者是被朋友們找去喝酒了。」梅雅莉心想。

夜漸漸深了，梅雅莉也開始擔心起來。「到底怎麼了？希望不要發生什麼事才好。」

梅雅莉焦急等待著，時間也過了半夜。

叩叩叩！叩叩叩！

只聽見屋外傳來一陣

急促的敲門聲，梅雅莉急忙把門打開。看到喬治的模樣，梅雅莉嚇了一跳。他臉色鐵青、表情僵硬，一邊回頭看，一邊急促的喘氣。

「怎麼了，發生什麼事？」

「啊，我不行了。」

「你是不是不舒服？我馬上叫醫生。」

「叫醫生來也沒用，我快死了，妳幫我找牧師來。」

「你在說什麼傻話！到底發生了什麼事？」

「妳快點把人找來就對了。」

感覺事態有點嚴重，所以梅雅莉叫醒傭人，請他們趕緊把醫生和牧師接過來。然後，她讓喬治坐下，倒了熱茶給他。

「你冷靜一下，把事情說清楚。」

於是，喬治說出事情的經過。

「今天要辦的事比較麻煩，所以辦好時已經深夜了。因為想早點回家，所以我打算走『魔鬼淺灘』抄個近路。當我走過木橋，來到我們這頭的山丘附近時，迎面來了一支隊伍，一些穿著黑衣、騎著黑馬的人，排成兩排走過來。我跟他們擦身而過，清楚看見他們的臉，雖然都是這個村子的居民，但都是已經死掉的人。

走在隊伍最後的，是上個禮拜剛舉行葬禮的詹姆斯。詹姆斯牽著一匹沒有任何人騎乘的馬，來到我的面前。他從馬背下來後跟我說：『這匹馬是要給你騎的，來，上來吧！我們一起走吧！』

當然，我拒絕他了。結果詹姆斯抓住我的手，強迫我騎上去。其他人也從馬背下來，並且聚集了過來。他們硬拉著我、用力推

我，想讓我騎上那匹馬。我拚命掙脫，但他們還是死命抓著我的手，還用腳踢我，就這樣過了很長一段時間。最後，大家終於放棄了，再度騎上馬，往橋的另一頭前進。詹姆斯說：『算了，早晨來臨之前，你就會想要上馬了。』接著他便騎上自己的馬，牽上另一匹馬離開了。

雖然好不容易逃脫了，但是我似乎已經成為那些死人的同伴，我快死了！」

喬治說完，便沮喪的低下頭，不再說話。

「振作一點，你最好先休息一下。」梅雅莉攙扶著喬治，讓他躺到床上。

過了一陣子，醫生進行檢查，卻依然束手無策。牧師抵達之後，詹姆斯把牧師叫到床邊說了一些話，然後，喬治就真的在天亮前嚥下最後一口氣。

狹魔

文／矢部敦子

感覺似乎是很久很久以前，但又好像是昨天才發生的事情。

因為爸媽有幾天會不在家，所以他們暫時先把我送到阿嬤家。

阿公阿嬤都很慈祥，但很重視「守時」這件事，他們認為小孩要早點睡覺，所以每天晚上過了八點，就會把房裡的燈全關掉。

我在自己家時，就算看書看到很晚，爸媽也不會說什麼，所以「守時」對我來說很痛苦。

阿公說，半夜十二點和凌晨零點相互重疊時，會形成「狹魔」的通道，在這個跨日之際還醒著的小孩，就會被關在時間的狹縫裡。

而且，一到了晚上，阿公阿嬤家的遮雨板就會關閉，完全遮住外面的光線，房間裡變得一片漆黑。獨自一人的夜晚，我感覺非常孤單，也很寂寞。

某天晚上，風勢非常強勁，遮雨板不斷搖晃，發出「砰咚砰咚」的聲響。聲音實在太大了，我躺了很久都睡不著，於是跑去找阿公。

「根本就沒有風，快要十二點了，趕快睡覺。」

阿公說著，一邊幫我確認窗戶是牢牢關緊的。的確，阿公在房間裡時，遮雨板沒有發出任何聲音。

但是，阿公離開之後，遮雨板搖晃得比剛才更加劇烈了。這個時候，我似乎聽到呻吟聲從遮雨板箱中傳出。這樣實在讓人睡不

著，於是我忍不住決定去看個究竟。

就在我心驚膽戰的打開遮雨板時，忽然間一隻白色的手從遮雨板箱的縫隙伸了出來，把我抓進黑暗的深淵。

在那之後，我就一直被關在時間的狹縫裡，

在黑暗中不斷思考。

深夜十二點和凌晨零點相互交疊的那一刻，到底是什麼時刻？

是昨天、今天，還是明天？

在一個月色皎潔的夜晚，第一任校長天狗出現在校園中，在臺上唱著傳統妖怪歌謠。

聽到歌聲後，絕對不可以拍手，因為如果興致來了，他就會一直唱到天亮。

妖—怪—
不跳舞—
就—
吃虧囉
不可以拍手
啪啪

我們到
外面玩吧！

第四堂

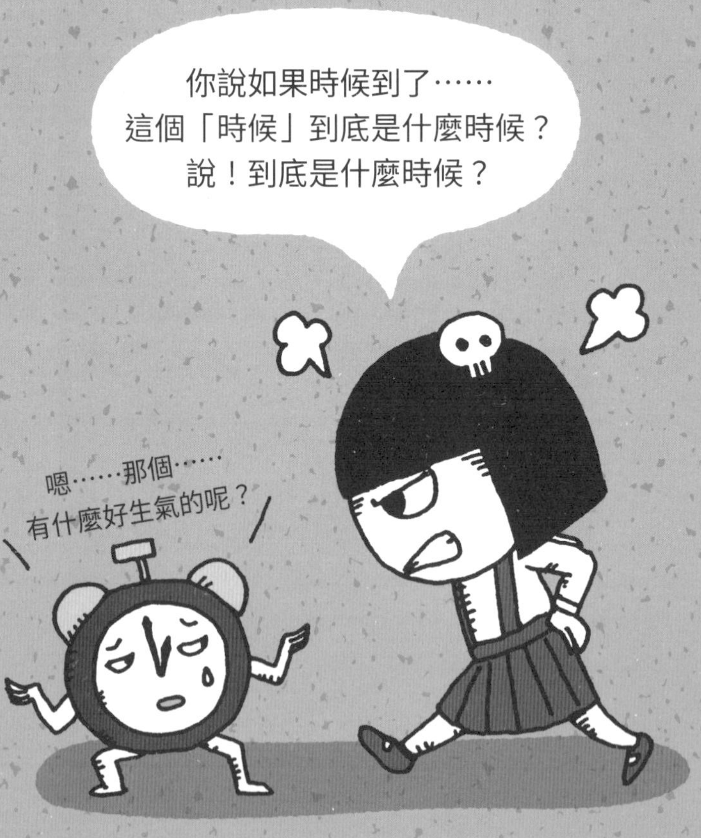
你說如果時候到了……
這個「時候」到底是什麼時候？
說！到底是什麼時候？
嗯……那個……
有什麼好生氣的呢？

三年後的午時

文／三倉智子

很久以前，在中國的一座深山裡有個村莊，一條大河流經整個村落。

一個背著沉重行李的男子來到渡船場，男子上了船，卻沒有把行李放下，而是小心翼翼的抱在懷裡。

從男子上船起，船夫就一直緊盯著那件行李。等船來到河中央，船夫瞪大眼睛四處張望，然後，將男子連同行李用力推進河裡。接著，很會游泳的船夫「撲通」一聲跳入河中，把行李撈了回來。不出他所料，行李中有許多銀子。

「太好了，有了這些錢，我要做什麼都可以。」

船夫便用這些錢開了一家供旅人投宿的旅店。

而被丟進河裡的男子則

變成了幽靈，到了晚上就會爬上岸。有一天晚上，他潛入一位在山林工作的師傅家中。師傅不僅不怕他，還很高興的招待他。就這樣，兩個人一起喝酒聊天，度過了許多夜晚。

三年後的某一天晚上，幽靈說：「師傅，今天是最後一個晚上，我以後再也不能來你家了。」

「怎麼了，發生什麼事？」

幽靈一臉輕鬆的說：「按照慣例，像我這種被淹死的人，要在三年後的午時（上午十一點到下午一點之間的兩個小時）找到替身，把他拉進水中，我才能投胎轉世。如果沒有在這兩個小時之內完成，就必須再等三年。」

「原來如此，希望你一切順利。雖然有點捨不得，不過，這也是沒辦法的事。」師傅說完，倒了最後一杯酒。

隔天，幽靈守在某座橋下，等著有人從上面經過。就在午時即將

結束時，有個年輕人背著媽媽，一邊親暱的和她聊天，一邊過橋。

「太好了，我就利用這個年輕人來投胎轉世吧！嗯……不對啊，我要把這個孝順的年輕人拉進水中嗎？這樣會把他的媽媽也一起殺死！不行、不行，我下不了手，這次先放棄好了。」

到了晚上，幽靈前往師傅家，再次和師傅一起喝酒。

又過了三年，幽靈心想：「這次一定要成功投胎。」他在橋下等候時，來了一個抱著小寶寶的媽媽。

「哎呀，是個還在喝奶的小寶寶，要把他的媽媽拉下來嗎？不行、不行，我做不到，這次還是放棄吧！」

又過了三年，幽靈依然在橋下等待，結果是一個挑著扁擔的爺爺經過。

「太好了，這次一定要成功。」

這時，幽靈聽到爺爺嘴裡喃喃自語著：「奶奶等著吃飯呢，除了白米飯，還有肉。」因為生意做得很順利，好不容易賺到了今天的伙食，奶奶一定在家等著爺爺回去。

「不……不行，我下不了手，算了！算了！別再一直想著要投胎轉世了。」

到了晚上，幽靈去找師傅。

「為什麼你還沒有去投胎？」

「師傅，走過那道橋的全是疼愛家人的好人，我實在沒辦法為了自己把他們殺死。雖然這是九年來第三次投胎轉世的機會，但還是失敗了。」

師傅對幽靈的善良感到非常驚訝。

某天，幽靈對師傅說：「閻羅王的使者來了，他說因為我心地善良，所以讓我當城隍爺，也就是小鎮的守護神。我明天會到廟裡去上任，你來跟我見個面吧！」

師傅前往探視，幽靈的確成了守護神，在廟裡等他。看到師

傅，守護神很高興的說：「我要送師傅一匹栗色的馬，這匹馬如果不吃不喝，就會拉出金糞。請騎上這匹馬，前往把我推下河的船夫家，那傢伙用我的錢開了一家旅店，他這麼貪心，看到這匹馬一定會心起貪念，到時候請把

馬匹和旅店都搶回來。」

幽靈說完，便指著廟裡的一隻小馬，這隻用泥巴捏塑而成的馬，到師傅手上後，瞬間變成一匹漂亮的栗色真馬。師傅騎上那匹馬，抵達船夫開的那家旅店。

「先付錢！」旅店

老闆無禮的說。

師傅對著馬屁股踢了一腳，馬立刻拉出了許多金糞。

「這是什麼？」

旅店老闆看得目瞪口呆。

「來來來，快請進。」

他招呼師傅進到店裡，並端來許多美味的酒菜。過程中，他不時偷瞄馬匹，一副想占為己有的樣子。

師傅見狀說道：「老闆，你喜歡這匹馬嗎？不然這匹馬讓給你如何？可是，你得拿個什麼東西來換。」

「拿東西換，你想換什麼？」

「我想想……這間旅店如何？」

旅店老闆很快的盤算一下。

「一間小旅店和寶馬，當然是選馬啊。只要牠每天拉出一粒金糞，我就可以一輩子吃喝玩樂了。」旅店老闆又想：「得趁著師傅改變心意之前把事情敲定。」於是，他急忙寫好交易的字據。

隔天，師傅成為旅店老闆，船夫則騎上栗色馬出門去了。他們來到渡船場附近，栗色馬似乎因為受不了炎熱的天氣，把船夫帶到河邊。

咕嚕咕嚕大口喝水的馬流了許多汗，汗水變成了泥巴，一塊一塊的掉了下來。

看到這個景象，船夫嚇呆了，他慌張的伸出雙手阻止泥巴掉落，卻是徒勞。很快的，整匹馬只剩下用來捏塑泥馬的稻稈骨架。船夫氣得喘不過氣來，最後，死在過去幫人渡河的岸邊。

時候到了

文／新倉朗子

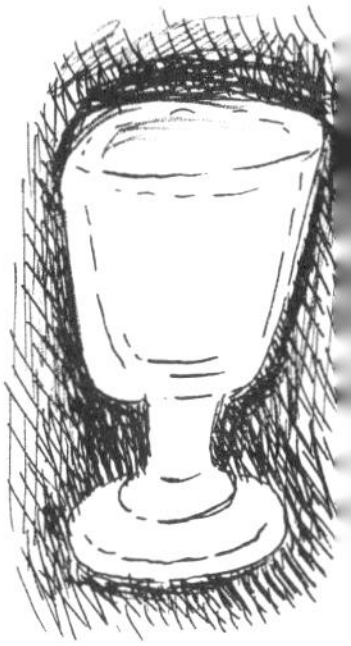

不管是哪個國家，在河川、池塘或沼澤這樣的水邊，似乎都住著妖怪。在法國，也有一個名叫「多拉克」的妖怪，這個名字經常出現在地方傳說或古老的故事中。像河童一樣，這個妖怪的樣子有時被描述成很像人類；有時則是長著翅膀的龍；也有人說它長得像紅色的驢子或馬，當它載著孩子時，身體就會不斷拉長，把許多孩子一起帶走。

各個地方的多拉克傳說版本不同，沒有人知道這個妖怪真正的長相，以下就是其中一則傳說。

時序邁入冬天，白天逐漸變短，北風開始吹襲。市場開市的某天，一名男子一早就離開村莊，來到小鎮，做完生意之後，又急忙踏上歸途。在這樣的冬夜，每個人都巴不得早點回到溫暖的火爐旁。這位名叫馬爾丹的男子一邊匆匆趕路，一邊喃喃自語：「今天帶來的貨都賣完了，女兒想要的紀念品也買好了，感覺好像已經看到大家開心的模樣。」

這時，他看到遠方有一盞燈光，那裡是他偶爾會順道光顧的熟識酒館兼旅店。回家的路還很長，全身冰冷的馬爾丹決定先喝一杯酒再繼續趕路。

休息了一陣子之後，馬爾丹再次啟程。這時，天色已經一片漆黑，街道上空無一人。在離家還有一半路程的地方有條急流，急流上有一座橋。馬爾丹走到那座橋時，似乎有叫聲從河底傳來。

「時候到了，卻沒有半個人來。」

接著，又傳來另一個叫聲。

「不，時候還沒到。」

這時，其他聲音也叫喊著：「時候還沒到、時候還沒到。」每當叫聲響起，橋洞便發出「嗡——」的回聲，彷彿是來自地獄的聲音，十分可怕。

嚇得半死的馬爾丹環顧四周，卻看不到半個人。雖然巴不得早點回家，但他的腳卻無法離開那座發出可怕聲音的橋，無法動彈的馬爾丹，想起了孩提時代從爺爺口中聽到的故事。

「太陽下山之後，不可以靠近河邊。如果運氣不好，就會被拉進河底。我年輕時曾經走過河邊，有兩次聽見從河底傳來巨大的叫聲：『時候到了，卻沒有人來』。過沒多久，就看到有個男子跑過，很快就掉進河裡了。」

馬爾丹決定折返，在剛剛喝酒的旅店住上一晚。

馬爾丹心想：「家裡的人一定很擔心吧。」

於是，他起了個大早，在天色未亮時便離開了旅店。

時候到了，
卻沒有人來！

太陽升起，天空逐漸明亮起來。第一個過橋的人發現漂浮在河流上的馬爾丹，聚集在酒館的當地居民議論紛紛著。

「要是他趁著晚上過橋就好了。」

「那就不會遇上這種事了。」

「這應該是多拉克做的吧。」

今日營養午餐是什麼呢？
二十歲
喝酒！
讓我來為大家介紹妖怪們愛吃的東西！
酒
魚的眼睛
豆腐
ひ
蟲
剉冰
剩飯剩菜
看起來好好吃！
烏龍麵
金球
銀球

全部吃光光
咦？怎麼沒有魚眼睛？
魚油！魚油！魚油！
提燈
太奢侈了吧！
稀飯
蕨餅
龍蝦
牛奶
鈣質♪
裝的全是一樣的東西。
你也是……
油豆腐
小黃瓜

午餐時間
不喜歡吃的蔬菜
也要全部吃掉喔！
呵呵
食物們的怨念也很可怕唷！
阿椒
茄子阿助
紅蘿蘿

約定

文／堂光徹

在某個村子，有個被稱為「捕鮭大王」的男子。

依照慣例，捕鮭季於每年八月的最後一天開始。男子一直等著這天的到來，他比平常更快完成工作，拿著漁網，走向河邊，躲在岩石後面窺探。

突然，男子嚇得倒抽一口氣，他看到一條從沒見過的巨大鮭魚。

他悄悄的接近鮭魚，瞄準後用力撒網。

啪沙——

就在網子攤開揚起巨大水花的瞬間，鮭魚一溜煙消失了，男子看到鮭魚轉向朝著河川上游游去。

「糟了！」

男子驚慌的大聲喊叫，開始追逐鮭魚。他看準了疲倦的鮭魚正在喘息，再次放

下漁網，但鮭魚又溜掉了。男子專注的追捕鮭魚，不知不覺進入深山，等男子回過神時，發現四周一片黑暗。

「這下麻煩了。」

現在想回頭也來不及了，男子聽到森林深處遠遠傳來的狼嚎，正當無計可施之際，不知從哪裡冒出一位老人。老人對著受到驚嚇的男子說：「待在這裡可是會被狼吃掉喔，前方有一間寺廟，你今晚就住在那裡吧！」

「確實如此，實在太感謝你了。」

男子走在老人身後，沿著溪谷稍微往上爬了一段路，很快就看到一座寫著「鮭之宮」的小寺廟。

進了寺廟，男子鬆了一口氣，他向老人道謝：「雖然不知道你是誰，但謝謝你救了我。」

「我今天沿著這條小河逆流而上，來到這座鮭之宮，但之前一直被你追趕，命差點丟了。」

老人以疲倦的聲音說完後，直盯著男子看。

男子瞬間臉色大變。

「這麼說來，你就是剛剛那隻……那隻……」

「事實上，我是鮭魚的領袖，每年八月的最後一天都會到這座

鮭之宮來參拜，這是鮭魚領袖的工作。我求求你，在八月的最後一天，就這一天，請你不要撒網。」

說完，老人靜靜的向男子低下了頭。男子非常驚訝，他懷著被救了一命的感激之情，對老人承諾：「以後，八月的最後一天我絕對不會到河裡捕魚。」

「說話要算話喔！」

「我絕不食言。」

「那我們就以這個做為約定。」老人拿出紙和筆寫下約定。

或許是和男子約定後，老人感到十分安心，他深深點了點頭後就離開了。

拜老人所賜，男子逃離狼群的威脅，隔天平安無事的回家了。

之後，每年八月的最後一天，男子都不再到河裡去捕魚。但是幾年之後，男子逐漸忘記和老人的約定。

某年的八月最後一天，男子非常想去獵捕鮭魚，他從工具房中拿出漁網前往小河。不管怎麼說，在捕鮭季的第一天撒網，總會讓男子因為期待而感到非常興奮。

男子忘情的追趕鮭魚。

「我還是沒辦法不在八月的最後一天撒網捕魚。」

男子將好幾條漂亮的鮭魚放進桶子帶回家，當晚，因為要享用久違的鮭魚大餐，家裡非常熱鬧，男子便迅速開始準備料理。

「這條鮭魚真的無比巨大，今天晚上就來吃牠吧！」

男子把巨大的鮭魚放在砧板上，用菜刀把魚肚剖開。

「咦？這……」男子喃喃自語著，從魚肚中拿出一張紙條。

「怎麼有這個奇怪的東西？」

男子攤開紙條，臉色突然變得慘白，手上的菜刀也掉到地上。

原來那是幾年前，他在鮭之宮交給老人的約定紙條。

午休

學校探險—保健室

處理
大家知道正確的刷牙方式嗎？
小心
火災
特輯
嘿嘿嘿
嘻嘻
好好休息喔！
蜈蚣
蝙蝠
吃太多了，肚子好痛！

到保健室後，裂嘴女老師先幫我處理。有時她會拿下口罩，偷看學生在床上睡覺的臉，所以必須裝出熟睡的樣子，不能睜開眼睛。

有些學生看到老師的臉會昏過去，有些會因為嚇到而病情加重。

河童的身體
胸部
腹部
嗚~~
汪汪
牙齦犬，會突
然咬你一口，
要小心喔！

第五堂

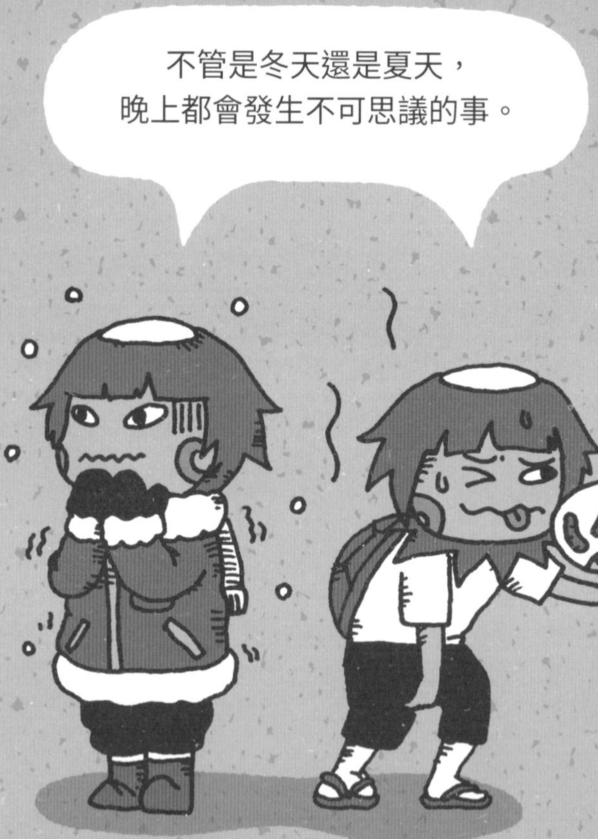
不管是冬天還是夏天，
晚上都會發生不可思議的事。

螢火蟲之夜的火球

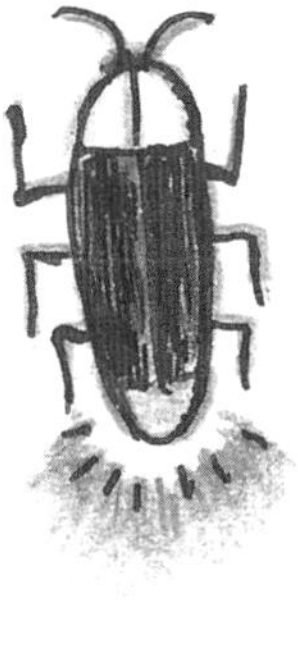

文／宮川廣

康夫是一名大學生，他把住在附近比他小十歲的洋介當作弟弟般疼愛。

康夫參加了大學的登山社，經常背著大大的後背包去登山。偶爾他會找洋介一起去爬附近的子持山，爬山的時候也會配合洋介的速度來調整步伐。

他們在山上吃便當時，康夫說：「等洋介上了高中，我們再一起去爬更高的山，你要好好鍛鍊腳力喔！」

去年夏天，康夫到朋友和田的鄉下老家去看螢火蟲時，也帶了洋介一起去。螢火蟲生活於明淨的河川，因為螢火蟲幼蟲以川蜷螺為食，這種螺旋貝類只能生活在清澈的河川中。

和田的爸爸告訴他們：「以前，只要看到螢火蟲四處飛舞，就知道夏天到了……但是，現在大家都使用農藥，農藥透過地下水流入河川，河岸也蓋滿了鋼筋水泥建築，川蜷螺無法生存，螢火蟲也不見了。」

找回螢火蟲四處飛舞的清澈河川——因為十幾年來一直有人這麼

呼籲，而現在螢火蟲終於回來了。

不管是康夫，還是洋介，都是第一次看到螢火蟲。

晚上的稻田一片漆黑，螢火蟲閃耀著亮光，忽高忽低的飛舞，有時候牠們也會停留在沾滿夜露的草葉上休息。

「螢火蟲、螢火蟲，過來呀！」遠方傳來呼喚螢火蟲的聲音，那是個令人難以忘懷的螢火蟲之夜。

時值五月的連續假期。

「那我走啦！」一身登山打扮的康夫跟洋介打招呼。

「對了，昨天收到和田爸爸寄來的明信片，他邀請我們今年也去看螢火蟲，到時我再帶洋介一起去。」

康夫揮揮手，精神飽滿的出門了，山上的天氣似乎很好。

五月四日這天，洋介的爸爸和媽媽受邀參加結婚典禮，白天就要出門，大約晚上九點才會回家。

「你可以一個人待在家嗎？」媽媽擔心的問。

「沒問題！我已經五年級了。」洋介驕傲的說。

洋介早早吃了媽媽事先準備的晚飯後，就在客廳看電視。

無意間，他往庭院看了一眼，一片漆黑中，有小小的光亮在杜鵑花樹附近忽明忽暗的閃爍。

洋介心想：「該不會是螢火蟲吧？」

這時，有個很像紅色氣球的東西，從楓樹的樹枝間朝著洋介飄過來，從打開的窗戶飄進客廳

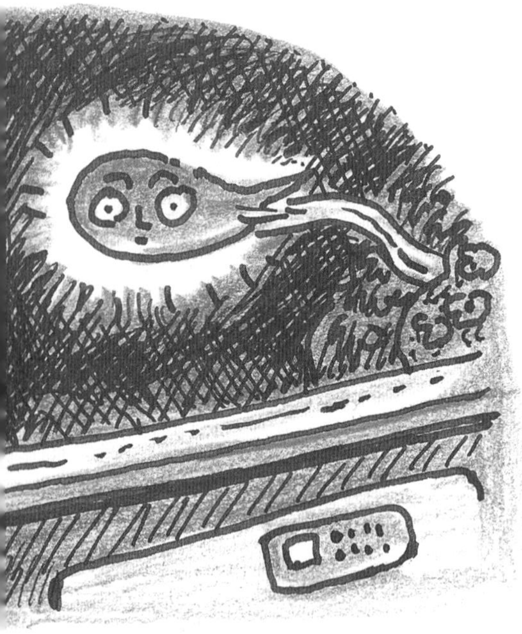

後，突然消失不見了。

洋介覺得有點害怕，關上了窗戶，就在這時，他聽到媽媽的聲音。「我回來了，謝謝你看家。」

「剛才，螢火蟲在庭院裡飛舞，有個很像紅色氣球的東西飛了進來。」洋介說。

「一個人看家，應該有點無聊吧。」爸爸笑著說，語氣中帶了點捉弄的意味。

第二天，也就是五日早上，傳來了康夫在山上罹難的消息。

山上突然變天，康夫在傾盆大雨中走在懸崖小徑上，因為一腳踩空，跌落深深的山谷中。

「洋介看到的那個長得很像紅色氣球的東西，可能是康夫的磷火……」媽媽哽咽的輕聲說道。

康夫的遺體被送回來了，洋介緊緊靠著康夫。

「你不是跟我約好要帶我去看螢火蟲嗎？嗚……」洋介抱著康夫的肩膀，放聲大哭。

「對不起，我明明就在旁邊卻救不了他。」

和田說著，擦了擦自己的眼淚。

六月下旬的某個禮拜六，在和田的邀請下，洋介去看螢火蟲。

雖然康夫不在了，但螢火蟲和去年一樣在漆黑的田地中緩緩搖動，一閃一閃的發出光亮。

「啊！」

「怎麼了？」

洋介那天晚上看到的像氣球一樣的紅色火焰，輕飄飄的飛舞著，向兩人靠了過來。

「啊，康夫也來看螢火蟲了。」

「他果然來了。」

和田與洋介高舉雙手，朝火焰大聲歡呼。

此時，兩人的眼淚順著臉頰輕輕滑落。

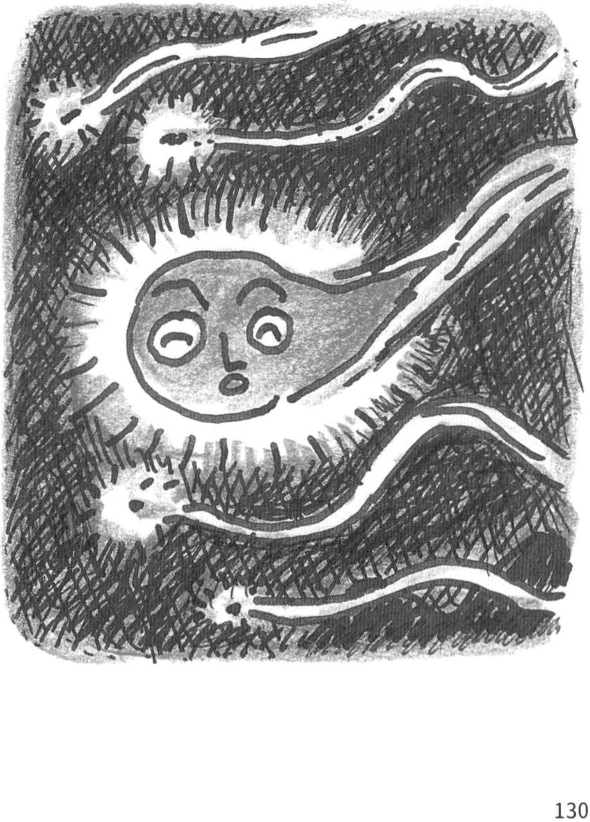

聖誕節晚上

文／杉本榮子

每年的聖誕節到新年期間，「培爾德」都會造訪阿爾卑斯山腳下的村莊。

培爾德是個留著粗糙的白色長髮，長得像鬼一樣的高個子奶奶，大部分的時候都穿著白色衣服。據說，她可以自由飛往任何地方，隨意探訪村民的家，所以知道每個村民家中發生的事。

她會從窗戶窺探，要找出家裡的壞孩子對她來說易如反掌。也因此，孩子們會把玩具整理好，女孩們也會把用完的針線整理好，等著迎接聖誕節。如果培爾德滿意，農作物便能夠長得很好，村民也可以幸福度日。

在某年聖誕節晚上，培爾德奶奶乘著風，四處飛行。

「休息一下好了。」

她在市政廳的高塔上坐了下來。

樹根、十字路口、河岸邊……許多地方都是培爾德奶奶休息的地點，但是只有市政廳的高塔可以眺望村中每一個角落，那是培爾德奶奶最喜歡的地方。

「咦，什麼聲音這麼吵鬧？」

那聲音是從兩棟並排的農舍之間傳來的，互為鄰居的兩個農夫正在激烈爭吵。

「哎呀，竟然在美好的聖誕節晚上吵架，讓我來懲罰他們一下。」

培爾德奶奶飛到兩個農夫身邊，伸出一隻手抓住其中一個農夫的頭髮，用力一拔。

「好痛啊！」

培爾德奶奶又用另一隻手拔下另一個農夫的頭髮。兩個人都認為是對方在挑釁，因此扭打成一團。

這時，有個聲音從高處傳來。

「看好啦，你們的寶貝頭髮都在這裡，由我保管一年。明年今天的這個時候，你們兩個要友好和睦的在這裡等候。」培爾德奶奶說完，便迅速從受到驚嚇的農夫眼前飛走了。

接著，培爾德奶奶來到一座大型農莊。

按照習俗，村民們會給造訪自己家的培爾德奶奶一些食物。因此，農莊主人叫幫忙的女兒把培爾德奶奶帶到廚房裡。

那座農場有位長工，對於任何新鮮的事物都很好奇。

他一看到培爾德奶奶，就立刻飛奔到廚房。

「就讓我來看看培爾德奶奶會做什麼。」

長工將暖爐旁用來揉麵糰的大木盆立了起來，然後躲在後面。

培爾德奶奶和農莊主人的女兒一起來到廚房，長工將眼睛貼在木盆的孔洞上，看著兩個人走向桌子。

就在那個時候，培爾德奶奶環顧廚房，對農莊主人的女兒說：

「哎呀，那個木盆有一個很大的洞，把那個洞塞起來。」

女兒拿起暖爐旁的一塊布片，把它揉成一團，塞住孔洞。

「這樣應該可以了，這一年就維持這樣吧！」

培爾德奶奶說完，馬上就離開了廚房。

因為孔洞被塞住了，長工失望的從木盆後面出來。

「咦，怎麼回事，有隻眼睛看不到了。」

長工用來偷看的那隻眼睛就好像被什麼東西遮住一樣，看不到了。

「哎呀，你根本就不應該偷看的。」

博學的農莊主人對垂頭喪氣的長工說：

「培爾德奶奶明年也會來。明年，你就像今晚一樣，躲在盆子後面，用看不見的那隻眼睛對著孔洞就可以了。」

一年之後，聖誕節又到了。在寒冷的夜裡，去年大吵一架的兩個農夫在家門前等待培爾德奶奶，培爾德奶奶將頭髮還給他們。據說，在那之後，兩個人的頭髮都恢復原狀，不僅長得非常茂盛，也沒有變白。

而在大農莊裡，長工和一年前一樣，躲在盆子後面，將看不見的眼睛貼在孔洞上，等待培爾德奶奶的到來。

培爾德奶奶進入廚房之後，對農莊主人的女兒說：

「把塞在那個孔洞上的東西拿掉吧。」

農莊主人的女兒照做之後，培爾德奶奶就離開了。

長工貼在孔洞上的那隻眼睛，馬上看見培爾德奶奶走出廚房的模糊背影，長工趕緊從盆子後面出來，眼睛也終於恢復了。

休息時間
學校探險
音樂教室
天亮時，音樂教室的鋼琴就會開始彈奏。但往教室裡頭瞧，卻看不到任何人……只有手幽靈在彈奏而已。
而且彈得很棒
Si Do Re Mi Fa Sol La Si Do Re
好想趕快跟大家一起唱歌！
啪啪咚咚

狸囃子
、呼子，
呀呼呀呼
呀呼呀呼
青蛙網路
音樂教室
嗚汪喇叭
骨頭琴
牆上貼的是妖怪界作曲家──「飛頭蠻」伸伸的肖像。如果看到上課胡亂搗蛋的學生，他就會伸長脖子舔他們。
狸囃子太鼓*
是不是有孩子在吵鬧啊？
* 編注：「狸囃子」是日本傳說中
怪演奏的神祕音樂，經常在夜
現，用來迷惑人類或製造詭異氣

第六堂

到底有沒有死後的世界？

有死後的世界嗎？

文／高津美保子

人死了之後會怎麼樣呢？

長期研究人類生活方式的德國傑出哲學家德克塔・陶貝，數十年來一直在探索「人死了之後會怎麼樣」。

「做好事的人會上天堂，過著比現在更幸福的生活；做壞事的人會下地獄，遭受地獄之火的處罰，或是被迫走上針山。無論東方或西方都有這樣的說法，在畫作中也有所描繪……」

「人死時若還有牽掛的人，死後會變成幽靈，在這個世界上飄蕩。說來令人難以置信，但是我的朋友W博士就說自己曾經看過幽靈。」德克塔．陶貝在房間中一邊來回踱步，一邊

低聲說著：

「曾經有人說，人死後會投胎轉世，下輩子再度成為人類。根據德國I博士的研究，很多人都擁有前世的記憶。而且，有些人在死了之後，沒有投胎繼續變成人類，而是變成牛或馬，甚至是蜻蜓或蝴蝶。

根據德國的傳說，人死後被埋葬的地下，有著跟人間同樣的世界。在那裡，大家跟活著的時候一樣，玩撲克牌、打電動，享用美味料理，暢飲美酒，過著快樂的生活。

另外，在中國和越南，人們相信死後如果沒有錢，生活會變得非常悲慘，所以還活在人世間的家人必須把錢、食物、衣服送到那個世界去。

有一種習俗是，只要焚燒紙做的鈔票或衣服，就可以把那些東西送到死後的世界，真是令人難以相信！」

德克塔·陶貝一邊用雙手將茂盛的白髮往上撥，一邊說：「但是，沒有人可以證實那些說法。不管是死去的人還是活著的人，都不能清楚告訴我們死後的世界是什麼樣子，這是為什麼呢？」接

著，他又開始在房間來回踱步。

「根據我自己的想法，人死了之後一切都結束了。我認為並沒有死後的世界，一切都消失於無形，沒有人能投胎轉世，甚至成為動物或昆蟲。」

幾年後，德克塔·陶貝也老了，他知道自己即將死去。

因此，他把兒子卡爾叫到床邊。

「從現在開始，你要仔細聽我說的話。把我埋葬後的第三天的午夜十二點，你到小鎮邊界小河上的那座橋等我，時間和地點千萬不要搞錯。」

德克塔．陶貝讓兒子再重複一次時間和地點。

接著，他又說：「如果……我說如果……有死後的世界，而我可以再回到人世間，我會來告訴你那個世界究竟如何。你要再告訴一起研究的夥伴『有死後的世界』，聽到了嗎？」

兒子用力的點點頭。

「但是，如果我沒有來，那表示事情就像我所想的，人死了之後一切都消失了，一切都結束了。那麼，你要告訴大家『沒有死後的世界』，知道嗎？」

幾天之後，德克塔．陶貝就去世了。

德克塔．陶貝的兒子按照父親的指示舉辦葬禮，把他埋在小鎮的墓地。然後，在第三個晚上，兒子在半夜十二點前往位於小鎮邊界的小河。

那裡樹林茂密，即使白天也有點陰暗。不過，因為父親遺言中有交代，所以兒子只好前往那個讓人一到就想要離開的地方。風咻咻的吹著，樹林不停搖晃，小河也發出潺潺的水流聲。

小鎮中心市政廳的時鐘響起十二點報時聲，這時，風突然停了，樹林也不再發出樹葉搖晃的聲音，之前還在流動的小河宛如結凍般完全靜止，四周陷入一片寂靜。

接著，陰暗的樹林中傳來德克塔・陶貝的聲音。

「兒子啊，卡爾，你有聽到我的聲音嗎？」

受到驚嚇的兒子仔細一看，發現樹枝上站著一隻黑色鴿子。

「兒子啊！是我，是我啊，我回來了！去告訴大家，有死後的世界……」

變成鴿子的父親在樹枝上大聲叫喊。

「爸爸……」

卡爾因為父親變成黑色的鴿子而驚嚇過度，就這樣昏倒了。

卡爾是我啊！

雖然德克塔·陶貝告訴了兒子死後世界究竟是什麼樣子，但是兒子卻聽不到了。

或許真的有死後的世界，然而很遺憾的，一直到現在，我們還是不知道它的真實樣貌。

回家前的集會

各位，身為妖怪學園的學生，千萬不能做出失禮的行為。那麼校園生活中，最重要的事情是什麼呢？

那就是「遵守時間」。

遵守妖怪社會的規則，每天的活動要在天黑之後才開始，傍晚時上學，天色還亮時，不可以到學校來。此外，放學鈴聲響了之後，要在天亮之前走出校門，在早晨太陽升起前回家。

如果不能遵守約定，會有什麼後果呢？在此，就讓我來介紹前輩們的經驗。

像是「鬼火小吉」不小心被人類小孩撞見，他們在天亮之後，才搖搖晃晃的跳著回家。雖然他急忙逃走了，可是因為太過匆忙，不小心撞到了電線桿，受到重傷，在妖怪醫院住了兩個禮拜。

另外還有「小豆洗小窸」白天在

橋下淘洗紅豆，被人類奶奶看到，結果寶貝紅豆都被拿走了。

不管是小吉，還是小窸，都是因為不遵守時間而遇上倒霉事，

所以請大家一定要養成守時的習慣。

好——的！
我們繞遠路回去吧！

等等我
我們明天見！

趕快
回家喔！

解說

文／米屋陽一

大家晚安，今天是擁有千年歷史的「妖怪學園」的開學典禮。

「黃昏」也是「逢魔時刻」，被認為是容易發生「禍事」的不可思議時段，有時也會寫成「大禍時」。這個時段留下許多怪談，也因此成為學園的課程，人類活動的白天和妖怪活動的夜晚，這兩者的分界就是「黃昏」。

以前，日出到日落這段時間，是人類的自由時間，從日落到日出，則是妖怪的自由時間。但是，自從人類發明了電燈，妖怪的時間就被奪走了，這對妖怪來說很不公平。所以透過這個學園，妖怪們和了解妖怪的人類要一起合作，重新修復關係，像過去那樣彼此尊重，因此，請大家多多協助。

丑時三刻（半夜兩點左右）我們舉行了「**開學典禮**」。校長河童卷三老師對新生說：「從現在開始，大家就要在這個學園進行各項學習，好成為一個優秀的妖怪。」、「請大家和睦相處。」、「人類世界正掀起一股妖怪熱潮。」、「我們也要好好了解有關人類的一切。」「為了認識人類世界的文化，我們非常重視各種怪談的學習……這是本校一大特色，其他妖怪學校都沒有這樣的設計。」校園中，除了校長河童卷三老師、副校長山姥銀子老師、擔任司儀的二宮金次郎老師，還有許多老師，大家要盡快記住他們的名字和長相。

第一堂的「**在校園地底下**」這個故事中，因為學校蓋在以前的墓地上，所以校園中很自然的出現了「不可以跌倒」、「跌倒的話靈魂會被奪走，會死掉」等傳說，「學校怪談」的背後總是有這些傳說。「**手之樹**」是有關戰爭的故事。一九四五年六月十九日到二十日，S市發生大空襲，有許多人因此犧牲。將經歷戰火的樹木故事講給後人聽，不僅是為了撫慰戰火中犧牲者的靈魂，也是為了祈求和平。

在第一天休息時間的「**學校探險**」中，我們參觀了廁所、理科教室和校園，午休時參觀了保健室，接下來的休息時間則去了音樂教室。因為必須在教室之間迅速移動，大家要快點把路線記下來。

第二堂的「**貓偷看鏡子之後，會發生什麼事呢？**」，講述不可思議的妖怪貓生態。在各地流傳的故事中，妖怪貓聽得懂人類的話，也可以理解人類的心思，並且能模仿人類的行為。如果貓一直舔人類的臉，那是個危險信號。「**夜晚的學校**」講的是一所住著精靈的俄羅斯學校的故事，跟傳說中住在日本東北地方的座敷童子有點類似。

第三堂「**深夜的隊伍**」則是講述蘇格蘭高地的河川「魔鬼淺灘」上的故事。一旦走到那裡，就會看見正在前進的死人隊伍，以及要搭載自己的馬匹。如果有「禁止前往」、「禁止接近」、「禁止觀看」等禁止事項，一定要特別注意。「**狹魔**」這個故事提到，半夜十二點和凌晨零點重疊時，會形成「狹魔通道」，在跨日時刻醒著的孩子，會被關在「時間的狹縫」中，請記得一定要早睡早起。

第四堂「**三年後的午時**」是一個中國的故事。被殺的人變成幽靈，然後又變成守護神，拜託師傅幫他報仇。這個故事告訴我們，不能被眼前的利益所迷惑。「**時候到了**」講述的是法國的妖怪「多拉克」的故事，多拉克像河童一樣，會把人類拉到河底，黃昏時的河邊非常危險。

營養午餐時間總是非常歡樂，妖怪們可以盡情享用自己愛吃的東西，就像是每個人都不一樣，但每個人都有自己的優點。

「**約定**」和沿著故鄉的河川往上游的「鮭魚大助」這個傳說，是同一個系列的故事。希望大家都能愛護無法以言語表達的動物和植物，並且遵守約定。

第五堂「**螢火蟲之夜的火球**」是有關靈魂飄蕩的故事，講的是去世的人魂魄脫離身體，成為火球或靈魂，出現在心愛的人面前。**「聖誕節晚上」**是奧地利的故事，「培爾德」是有著白色長髮，長得像鬼一樣的高個子奶奶。和日本的山姥一樣，同時擁有凶惡與善良兩面，很像妖怪，也很像神。

第六堂是針對**「有死後的世界嗎？」**進行研究的德國哲學家故事，他死了之後變成黑色的鴿子，出現在兒子面前，想告訴兒子死後的世界長什麼樣子。但兒子因為驚嚇過度而昏了過去，以致大家無法得知死後世界的模樣。前往死後世界的人，沒有半個回到人世間，想必那個世界是個好地方。

負責「**回家前的集會**」的是副校長山姥銀子老師，主題是「趁著天黑之前行動吧」，請遵守與他人的約定。

妖怪學園的「妖怪開學日」今日課程已經結束。因為所有的事都是第一次體驗，相信帶給大家許多的感動。請各位好好休息，明天也要精神飽滿的來上課喔！

妖怪學園 四格漫畫劇場

第一任校長

第一任校長100歲時
俊俏
500歲
威嚴
800歲
霸氣
1000歲
哈哈哈哈
800歲到1000歲之間，到底發生了什麼事？

愛吃的多拉

多拉喜歡吃金球和銀球
嗚，好痛！好痛！
老師，多拉把彈珠和飯搞混，不小心吃下肚子了！
保健室
打開，
啊啊啊！
已經不能從嘴裡拿出來了！
既然如此
不要！不要！
沒有其他辦法了嗎？
↑浣腸
不然直接從肚子裡拿出來？
那還是浣腸好了！

大家來找一找

你全部
都找到了嗎？

【解答】開學典禮

繪者簡介

村田桃香（むらた ももこ）

出生於北海道，插畫家、設計師。擅長以獨特視角描繪妖怪等幻想生物及奇異事件。代表作品包括《妖怪學園》系列（童心社）、《不可思議的甜點師米露卡》系列（あかね書房）。此外，還負責朝日電視台特攝劇《獸電戰隊強龍者》的角色設計，以及高知縣四萬十町「海洋堂模型館」的入口設計等。

加藤久美子（かとう くみこ）

出生於東京都。曾在河原淳插畫工作室、福井真一插畫教室及「あとさき塾」學習。插畫作品包括《怪談餐廳》系列、《妖怪學園》系列（皆為童心社），以及《加利婆婆與神祕的石頭》（文溪堂）等。

山﨑克己（やまざき かつみ）

出生於東京都，畢業於創形美術學校造形科。著作包括《肚臍丸》（ビリケン出版）、《風呂敷電車》（BL出版），並為《妖怪學園》系列（童心社）繪製插畫。

你們知道「逢魔時刻」是什麼意思嗎？
不是瘋癲時刻喔，
所謂「逢魔時刻」，
就是會遇上妖怪或魔鬼的時刻，
也就是太陽下山的時候……

故事館 067

妖怪學園(1)：妖怪開學日

怪談オウマガドキ学園1 真夜中の入学式

編　　著　妖怪學園編輯委員會
常光徹（責任編集）・岩倉千春・高津美保子・米屋陽一
協　　力　日本民話の会
繪圖・設計　村田桃香
繪　　者　加藤久美子・山﨑克己
語文審訂　張銀盛（台灣師大國文碩士）
譯　　者　吳怡文
責任編輯　陳鳳如
封面設計　張天薪
內頁設計　連紫吟・曹任華

出版發行　采實文化事業股份有限公司
童書行銷　張敏莉
執行副總　張純鐘
業務發行　張世明・林踏欣・林坤蓉・王貞玉
國際版權　劉靜茹
印務採購　曾玉霞
會計行政　許俽瑀・李韶婉・張婕莛
法律顧問　第一國際法律事務所　余淑杏律師
電子信箱　acme@acmebook.com.tw
采實官網　www.acmebook.com.tw
采實臉書　www.facebook.com/acmebook01
采實童書粉絲團　https://www.facebook.com/acmestory/

ISBN　978-626-349-994-2
定　　價　320元
初版一刷　2025年6月
劃撥帳號　50148859
劃撥戶名　采實文化事業股份有限公司
104台北市中山區南京東路二段95號9樓
電話：(02)2511-9798　傳真：(02)2571-3298

國家圖書館出版品預行編目資料

妖怪學園. 1, 妖怪開學日/妖怪學園編輯委員會作；吳怡文譯. -- 初版. -- 臺北市：采實文化事業股份有限公司, 2025.06
176面；14.8×21公分. -- (故事館；67)
譯自：怪談オウマガドキ学園. 1, 眞夜中の入学式
ISBN 978-626-349-994-2(平裝)

861.596　　114004355

Kaidan Ômagadoki Gakuen Vol. 1 - Mayonaka no Nyûgakushiki
Illustrations copyright © 2013 by Momoka Murata, Kumiko Kato and Katsumi Yamazaki
Text copyright © 2013 by Toru Tsunemitsu, Chiharu Iwakura, Mihoko Takatsu, Yoichi Yoneya, Kyoko Iwasaki, Kimiko Saito, Eiko Sugimoto, Yui Tokiumi, Akiko Niikura, Satoko Mikura, Hiro Miyakawa, Masako Mochizuki, Atsuko Yabe
First published in Japan in 2013 by DOSHINSHA Publishing Co., Ltd., Tokyo
Traditional Chinese translation rights arranged with DOSHINSHA Publishing Co., Ltd. through Japan Foreign-Rights Centre/Bardon-Chinese Media Agency

線上讀者回函

立即掃描 QR Code 或輸入下方網址，連結采實文化線上讀者回函，未來會不定期寄送書訊、活動消息，並有機會免費參加抽獎活動。

https://bit.ly/37oKZEa

采實出版集團
ACME PUBLISHING GROUP

版權所有，未經同意不得重製、轉載、翻印